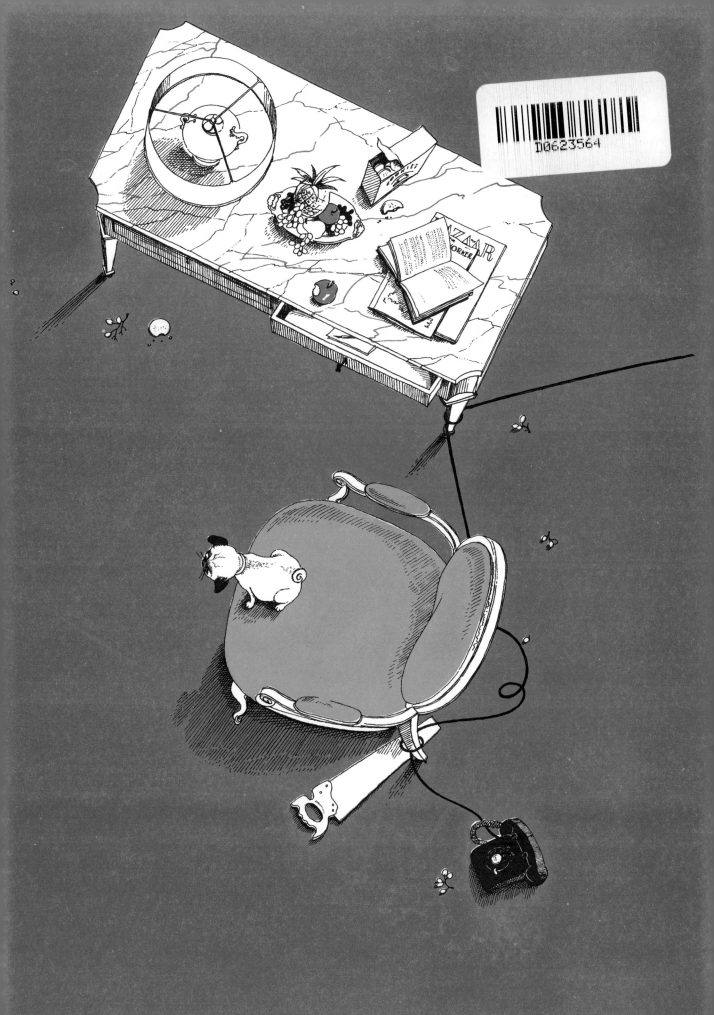

THOMPSON

ELOISE EN PARÍS

DIBUJOS DE
HILARY KNIGHT

Editorial Lumen

Título original: *Eloise in Paris*

Traducción: Humpty Dumpty

Publicado por Editorial Lumen, S.A.,

Ramon Miquel i Planas, 10

08034-Barcelona.

Primera edición: 2001

© 1957, Kay Thompson

© renovado en 2001, Kay Thompson

Publicado por acuerdo con Simon & Schuster Books for Young Readers,
una publicación de Simon & Schuster Children's Publishing Division.

Impreso en Lito-offset ventura, S. L.

C/ Lisboa, 13. 08210 Barberà del Vallés

ISNB: 84-264-3739-7

Depósito Legal: 8.629-2001

Printed in Spain

Una tarde a la hora del té el teléfono
empezó a sonar como un loco y claro lo cogí
Y oh caramba eran los de Recepción para decirme
Eloise hay un telegrama para ti
¿quieres que te lo subamos?
Y yo dije que inmediatamente
pronto al instante en un plis plas
clink clank colgué el teléfono

y salí pitando de la habitación

Nanny no ve bien de cerca

Era un telegrama de mi madre

Oh caramba nos vamos a París Francia
para que las mejillas se nos pongan como rosas

Si uno va a París Francia
todo se hace francés y te vuelves loca
tienes que ponerte tiritas por todas partes
y te caes mucho y te pegas a la
ventana y te enredas en las cortinas
y te agarras al tobillo de Nanny
y te arrastra de un lado a otro

Entonces tienes que pegarte al teléfono
y contarle a todo el mundo que te vas

Hola Servicio de Habitaciones
Soy yo **ELOISE**
Nos vamos a París Francia adiós

Hola póngame con el portero por favor
Súbanos los baúles al último piso
Nos vamos a París Francia Francia Francia

Hola póngame con
el jefe de los botones por favor
¿Sería tan amable de subirnos una
cuerda para atar mejor nuestro baúl?
Nos vamos a París Francia
Bon voyage y muchísimas gracias

Hola póngame con la
ama de llaves por favor
adiós adiós adiós

Hola póngame con el despacho del director
s'il vous plaît
Hola señor Voit soy yo **ELOISE**
Por favor envíenos el correo a París Francia
Partimos tout de suit o sea ahora mismo
Bon voyage y merci beaucoup

Entonces Nanny tuvo que llamar
al doctor Hadley
para que nos pusiera unas vacunas

Mientras él se quita el abrigo
tienes que tumbarte en la cama
y esconder un rato la cabeza debajo de las almohadas
y taparte hasta las orejas y cerrar fuerte los ojos
y te vas poniendo rígida y más rígida
e intentas esconder el brazo debajo del edredón
y lo vas sacando despacito un centímetro o algo así
y entonces zas aguja y ¡un pinchazo!

Entonces te ponen vendas en la cabeza
para sujetar las compresas frías
y al doctor Hadley le das con el matamoscas
y entonces plis plas coges el teléfono
y llamas al Servicio de Habitaciones
para que manden cuatro helados Melba
y tres vasos de whisky etiqueta negra
sin hielo y que lo carguen en la cuenta
por favor merci beaucoup

El doctor Hadley estudió en Harvard
y siempre lleva sombrero menos cuando está visitando

Y plis plas se coge el teléfono
y se llama al banco
para que nos traigan los pasaportes
rápido enseguida al instante

Y tendríais que ver nuestras fotos de pasaporte

La verdad es que soy
bastante fotogénica

Y oh caramba

tuvimos que empaquetar empaquetar empaquetar

He aquí lo que hay que llevar si vas a París Francia

Pinzas

Termo para el consomé

Hojas de fresa

Botiquín de hotel

¿Y qué más hay que llevar?

Todo

Siempre me llevo mi paracaídas

y

siempre que voy a París

me pongo mi plaquita de identificación

con mi foto a un lado

y un espejito al otro

por si hace falta ver quién soy

Y casi siempre resulto ser yo ELOISE

Cuando estábamos a punto de irnos llegó Emily
de Central Park para decirnos adiós
Es alérgica a la humedad y lo pasa fatal
Dejé abierta la ventana del cuarto de baño
para que pueda entrar y disfrutar del
aire acondicionado mientras estamos fuera
y le dije à bientôt guapa
que quiere decir hasta muy pronto

Entonces salimos al pasillo
y cerramos la puerta y colgamos
el letrerito «No molestar»
por si acaso

Cuando llega el ascensor
hay que estar preparado para
entrar entrar entrar y oh caramba
¿quieres hacer el favor de entrar?

Llevábamos 37 piezas de equipaje
incluyendo estas 2 perchas esta cámara estos 2 corchos
de botella la bolsa de agua caliente y 2 latas de salmón

Y entonces qué caramba hay que
salir salir salir

Yo siempre viajo de incógnito

Esmirruchi le dijo adiós
al portero
y le dio las gracias

Yo siempre le digo au revoir
al Plaza cuando me voy
a París Francia

Todos sabían que nos marchábamos pero no lloró nadie

Tomamos un taxi para el aeropuerto
Es la mejor manera de ir ir ir
Nanny dice que es más romántico
¡Oooooooooooooh adoro absolutamente a Nanny!

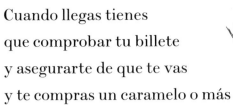

Cuando llegas tienes
que comprobar tu billete
y asegurarte de que te vas
y te compras un caramelo o más

Y oh caramba
allí estaba aquel enorme avión
y aquellos motores rugiendo y girando
y los hombres corriendo de un lado a otro
y también la gasolina
y tuvimos que subir un montón de escaleras para entrar

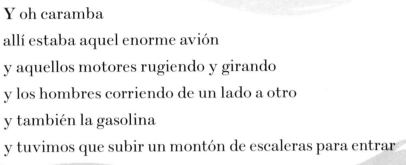

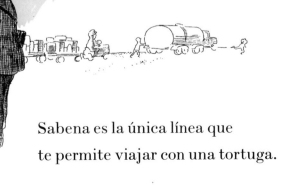

Sabena es la única línea que
te permite viajar con una tortuga.

Lo absolutamente primerísimo
es ponerse el chaleco salvavidas
para explorar el avión

La Sra. Fifield ocupa la butaca 6
Fuma 3 paquetes al día
Es de Dallas Texas
y lleva una pulsera de oro de la
que cuelgan 12 pozos de petróleo

Mi madre tiene una cuenta en Neiman-Marcus

En realidad el piloto no tiene nada que hacer
y le puedes ayudar a contar planetas

Hoy no he hecho la siesta
Pero Nanny dice pas de quoi
porque en Nueva York son 6 horas antes

Durante la noche
los motores escupen fuego
y absolutamente nadie pudo dormir

En Bruselas llovía cuando llegamos
pero ni siquiera nos mojamos los pies
Subimos directamente por el aire
en un helicóptero pequeño y encantador

Cuando llegas a la frontera francesa
tienes que empezar a parler français

La palabra favorita de Esmirruchi
es d'accord
que significa de acuerdo

La palabra favorita de Fittipaldi es zut
que quiere decir... córcholis

La favorita de Nanny es regardez
que quiere decir mira mira mira

Mi palabra favorita es pas de quoi
que quiere decir Oh no se preocupe
estoy segura de que no tenía intención de
pillarme la mano con la puerta
y aunque sangra horrores y me duele a rabiar
no importa no se preocupe

no se dice mais non
sí se dice mais oui
vous êtes usted
je suis yo ELOISE

Entonces Nanny dijo
ooh ooh ooh regardez
Y allí estaba París Francia

Hay que enseñar el pasaporte
No vayas a ser una contrabandista
que acaba de escapar
sin dejar rastro

Yo siempre me ato los tapones de las botellas alrededor del pecho
y escondo las semillas de uva en esta tirita y me la meto por el
lado izquierdo de la pierna hasta llegar a la parte más baja del calcetín
y escondo el chicle hinchable donde absolutamente jamás lo podrán encontrar

Entonces cruzamos la puerta
y allí estaba Koki
con un telegrama de mi madre
Es el chófer del abogado de mi madre
y habla varios idiomas
Nanny dice que es una suerte
porque ella cuando tiene problemas
prefiere expresarse en inglés

Me dio este bouquet de París y dijo
Allo Chérie
Y yo dije
Allo Chéri

Oh caramba había sido absolutamente
mi primera conversación en suelo francés

Koki tiene 27 años y un pelo que te pincha la mano

y no hace otra cosa que sonreír

Pesa 60 kilos sin su anillo con sello

e inverna en el sur de Francia

He aquí lo que Koki dice sin parar

por supuesto

He aquí lo que le gusta

las tartaletas de frambuesa

y por supuesto las películas del Oeste

He aquí lo que odia

las motos

y por supuesto las bicis

He aquí lo que a mí me gusta

París y Koki

por supuesto

Y oh caramba llevamos 38 piezas de equipaje

incluyendo la cámara las 2 perchas la bolsa de agua

caliente y las dos latas de salmón ahumado

y el maletín con las iniciales SN que

ni siquiera es nuestro

Pas de quoi d'accord y zut

Cuando estoy en París Francia el coche que prefiero es el Renault Dauphine

Cantamos por el camino

Fromage es queso pescado es poisson barcos es les bateaux

árboles son arbres flores son fleurs caballos son chevaux oh!

puentes son ponts calles es rues e iglesias es eglises

Nanny Esmirruchi Fittipaldi y yo ELOISE

¿y quién ha llegado a París? ¿quién?

Koki gritó bravo y aplaudió bastante
y giró justo en Pont St Michael

He aquí lo que hay mucho en París
palomas

En París hay varios hoteles

Nosotros preferimos el Relais Bisson
en el Quai des Grands Augustins
por la brisa marina
y el aire salado del Sena

El vestíbulo es bastante petite

y madame y monsieur Dupuis son absolutamente franceses

Madame Dupuis sonríe mucho y le dijo a Nahnee bonjour bonjour

y Nahnee dijo bonjour bonjour bonjour madame Dupuis

y ah caramba monsieur Dupuis besó la mano de Nahnee

Y madame me dijo ah bonjour mademoiselle es-tu un enfant terrible?

Y yo la miré y repondu que quiere decir contesté

no merci madame Dupuis yo soy yo ELOISE

Y siempre respeto la politesse francesa

que quiere decir ser amable

si es posible

Como en el hotel no hay botones

ya podéis imaginar...

No hay ascensor

Pas de quoi
He aquí lo que hay que hacer
tener cuidado en las escaleras

Cuando estás en tu chambre o sea en tu habitación
puedes echarte en la cama y hundirte un rato
en estas absolutamente enormes almohadas
porque he aquí cómo estás
absolutamente fatiguée
o sea hecha polvo hecha polvo hecha polvo

Lo absolutamente primerísimo que
tienes que hacer es ponerte las pantoufles
que son las zapatillas

Entonces si decides que te apetece
una limonada fría o cualquier otra cosa
con hielo y mucha menta fresca para refrescarte
coges plis plas el teléfono
y mientras esperas que alguien conteste

puedes bostezar varias veces
y deshacer el equipaje
y buscar por los cajones

El agua es francesa

Fittipaldi tiene piscina particular

Nahnee dice que hay que esconderlo todo
porque si no lo hacemos oh caramba
intervendrá la policía
que llegará y tocará el pito

Nahnee metió nuestro dinero en un escondrijo
y después no lo encontramos
porque olvidó dónde lo había puesto

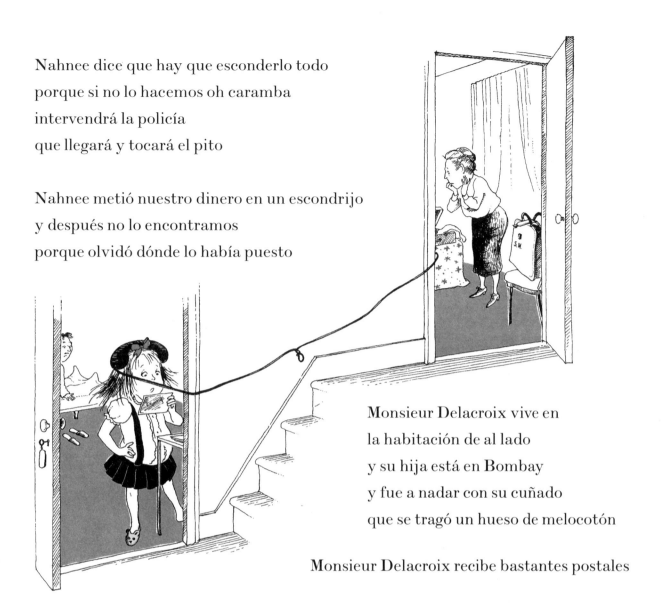

Monsieur Delacroix vive en
la habitación de al lado
y su hija está en Bombay
y fue a nadar con su cuñado
que se tragó un hueso de melocotón

Monsieur Delacroix recibe bastantes postales

Y entonces oh caramba
se oyen muchos ruidos raros y ne quittez pas y zuk zuk zuk zwhocky zuk zuk
swgock zuk zukky zuk zwock nnnnnnnnnnnnnnnnnnnnnnnnnnnnnnnnnnnnnnnn
y se corta la comunicación

He aquí lo que hay que hacer
cuelgas el teléfono clink clank
y mandas simplemente un
telegrama

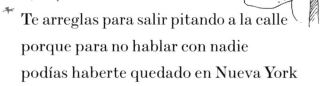

Te arreglas para salir pitando a la calle
porque para no hablar con nadie
podías haberte quedado en Nueva York

Lo primerísimo que tienes que hacer
es ponerte los guantes

y zas al vestíbulo

y mandas un telegrama o más

En París no se puede ir a ninguna parte sin un plano

Ah caramba

Il y a beaucoup de traffic en París

O sea muchísimo

Suelo correr por el quai para dar un paseo
que en francés se llama promenade

También hay
beaucoup de esto

y beaucoup de lo otro

beaucoup de perros

beaucoup de gatos

Beaucoup de éstos

Beaucoup de aquéllos

Il y a beaucoup de quelque chose
que quiere decir cualquier cosa
Oooooooooh amo absolutamente quelque chose

París es un sitio donde hay que estar para verlo
Así que me llevo mi bastón-taburete y regardez

las baguettes francesas van de maravilla
como esquíes

Se puede cruzar el Sena por tierra o por mar
Nosotros preferimos el viaje por mar
Nahnee es siempre Lord Nelson
y yo suelo ser yo ELOISE

Il y a beaucoup de peces

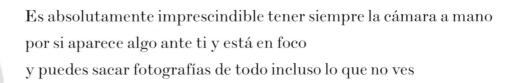

Es absolutamente imprescindible tener siempre la cámara a mano
por si aparece algo ante ti y está en foco
y puedes sacar fotografías de todo incluso lo que no ves

Por ejemplo
si quieres sacar
rápidamente una foto
de esta estatua
o de este amigo
o de un globo
o de algo así

sólo tienes que
apoyarte la cámara
en la frente
girar la ruedecita
de la parte inferior
de la derecha
hasta que la raya
azul queda debajo de
la roja

entonces la vuelves
a apretar contra la
frente hasta que
coinciden los azules
te la cuelgas al hombro
y si te rascas el
tobillo y te haces la
bizca

te las revelan enseguida

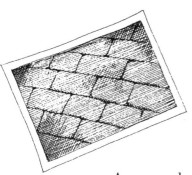

Si quieres puedes sacarle
la funda a la cámara

A veces algunas fotos salen bien

Doy vueltas alrededor de la Etoile
A veces en bicicleta
pero nunca sin bocina

Si quieres cruzar a pie
se paran y te dejan pasar

Y oh caramba
se formó el lío más liado que he visto

Creo que conseguí una foto excelente

Y siempre hay un montón de gente paseando por los Champs-Elysées
Y los coches se suben a la acera y ronronean detrás de ti

He aquí lo que hay que hacer en París
un montón de cosas

como mirar hacia arriba

o sentarse en la terraza de un café

Yo voy toujours que quiere decir siempre a Fouquet's

Suelo sentarme en primera fila
Veo mejor el panorama
y como una tarta o más de frambuesas

No puedes no puedes no puedes conseguir
una buena taza de té
porque no hierven el agua
Hay que conformarse con champán
con un melocotón dentro

Encontramos a la Sra. Fifield
que estaba sin resuello
Se había gastado los cheques
de viajero en Pierre Balmain
No habla francés
y ya os podéis imaginar

Las palomas de Fouquet's son bastante sanotas
pero no hay en toda Francia
una paloma tan rolliza como Emily
Hay que hablarles en francés
porque son francesas
y sólo hay que decirles
quittez quittez quittez
que quiere decir
fuera fuera fuera Chérie
o se te sientan en la cabeza
y te tiran las gafas

Yo suelo ducharlas
con un poquito de sifón
para aliviarles el calor
y que no se recalienten
y se desmayen
Las refresca bastante

Unas tienen las patas rosas
y los ojos rojos pero no tosen

A una le saqué esta foto
hablando con la botella de sifón
C'est bon

He aquí lo que tengo que hacer todas las mañanas francesas

saltar de la cama

y saludar a los pescadores

y decir bonjour Notre Dame

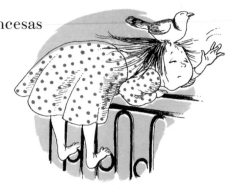

Entonces me cepillo el pelo

hasta que se electriza

Me pongo varias capas de

leche de pepino en la cara

y me miró en el espejo

cosa de un segundo o algo así

y je m'amuse

y bostezo un rato

o huelo las peonias

o algo parecido

Entonces hago mis

ejercicios de champán

Y Esmirruchi guarda las burbuja

Nosotros toujours tomamos café au lait
que es el petit déjeuner
y un croissant absolutamente delicioso

Esmirruchi se bañó en agua mineral Perrier
y las burbujitas le subieron por la nariz
y le resultó bastante refrescante

Fittipaldi nada todo el rato
y prefiere el crol australiano
Esmirruchi duerme mucho debajo de la cama
porque es donde está más fresco
Está engordando oh caramba
y por supuesto también Fittipaldi
y por supuesto también Nahnee
y por supuesto también yo ELOISE

He aquí lo que le da a Nahnee mal de tête o sea migraña
las palomas

Ya tengo 18 tapones de champán

En mis noches francesas me doy un baño de pies con pequeño petit
jaboncito de lechuga
y por supuesto eau de cologne
y por supuesto leche de pepino

Me asomo a la ventana y le digo bon soir a Notre Dame
y tropiezo con la bolsa de agua caliente

Entonces he de sacar los zapatos
al pasillo
para que los lustren
porque el adoquinado francés
me hace polvo los zapatos
Pero no hay que olvidar poner
en todos etiquetas con tu nombre
o el señor Delacroix
los llevará puestos al día siguiente

Suelo beber una botella de agua Perrier
y je me repose
que quiere decir que descanso
y leo un ratito el Herald Tribune

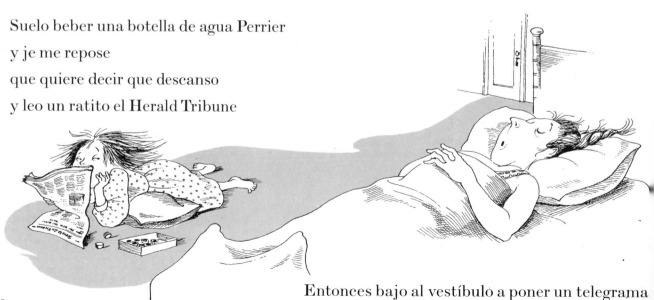

Entonces bajo al vestíbulo a poner un telegrama

El conserje me lo lee en voz alta por si acaso
SEÑOR GENE VOIT DIRECTOR DEL HOTEL PLAZA
CALLE 59 NUEVA YORK USA ¿SABE USTED DÓNDE
ESTÁ AQUEL CONMUTADOR QUE PONE EN MARCHA
EL AIRE ACONDICIONADO EN EL PISO NUEVE?
PUES NO CREO QUE FUNCIONE PORQUE ME HE TRAÍDO
TODOS LOS ENCHUFES A PARÍS CONMIGO   ELOISE

unas cuantas horas más o menos

Después me paseo por las escaleras

sin saber bien lo que hago

HOOVER

Monsieur Delacroix se compra
los zapatos en Macy's
Algunas personas tienen los pies bastante grandes

Bonne nuit
es buenas noches

Hay beaucoup de sitios que visitar
Por ejemplo puedes subir a la **Torre Eiffel**
que es oh caramba enorme y bastante alta
Así que me ato los prismáticos a la cabeza
y subo de lado porque hace mucho viento

Nahnee se esconde el dinero en la media

Très es muy
Agréable es absolutamente agradable
Un carrito de helados es très agréable

Le saqué esta foto a Esmirruchi
hablando con un caracol francés
Me salió un pelín movida

Yo salgo toujours con mi parapluie
que quiere decir paraguas
para ir a la Madeleine
y como almendras de una
ruidosa bolsita
En París las gotas de agua son
más grandes

O puedes ir al Sacré-Coeur
y te dan globos

O a la Embajada Británica
y allí sí hierven el agua

O puedes ir a l'Escargot
y todos comen caracoles
Yo pedí potage du jour

Hay varios restaurantes
en París

Los langoustines se convierten
en unas uñas preciosísimas
París es el mundo del pescado

O puedes ir a las carreras

Yo siempre me siento en primera fila

y miro cómo corren los caballos con las colas tiesas

y las venas abultadas

y resoplando

y los ojos en blanco

Algunos ganan

O puedes ir al Ritz

con este coche y este caballo

que está justo detrás de Napoleón

Y tomas el té en el jardín

con una servilleta verde

encima de la gravilla

O puedes ir al Zoo

para un safari más bien francés

O al ballet de la Opéra

Yo llevé un puro de jalea real
y capturé tres mosquitos
que no nos dejaban en paz

O puedes ir al Mercado de las Pulgas
Voici lo que allí encuentras

Este vestido de novia
o este abanico de plumas rojas
o estos colmillos o esta piel de elefante
si necesitas algo de esto
y otras muchas cosas bastante valiosas

Yo conseguí dos tapones de champán
y los envié por barco a Estados Unidos
Los compré muy baratos

París es el mundo de la moda

O puedes ir al cine

Hemos visto 37 películas y hemos visto 19 veces a Orson Welles

O puedes hacer una petite salida de compras
En París no hay absolutamente nada más que calles

He aquí lo que hay que hacer
mirarlo todo y decir

ooooooooooh regardez esto

y

ooooooooooh regardez aquello

Yo casi siempre tengo que verlo

y lo toco todo

y hasta lo pruebo un poco

He aquí lo que a veces hay que decir
Padonnez-moi Chérie cariño
pero je suis un poco petite fatiguée

Cuando estoy en París
siempre me baño en las fuentes
Es muy refrescante

Il fait chaud es
hace calor
N'est-ce pas es
¿no es eso?

Nahnee me sacó esta absolutamente preciosísima foto

Si llueve a mares
te vas sencillamente al Museo del Louvre

La Sra. Fifield estaba detrás de la Venús de Milo
y ya podéis imaginar

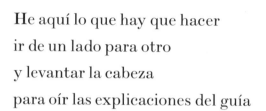

He aquí lo que hay que hacer
ir de un lado para otro
y levantar la cabeza
para oír las explicaciones del guía

Hay muchísimos cuadros

Y ah caramba al salir
tuvimos un problema
absolutamente terribilísimo

En el guardarropa había dos empleadas y una mujer sentada
y no nos quisieron dar la cámara
ni a Esmirruchi ni a Fittipaldi ni nuestro parapluie
porque decían que teníamos que darles el ticket
y nosotras decíamos que nous avons perdu
que quiere decir que lo habíamos perdido
Y ellas nos dijeron que sin ticket
no había cámara ni tortue
ni chien ni paraplui

Y oh caramba
una de nosotras tuvo que volver atrás escaleras arriba
y buscar el ticket que habíamos olvidado
detrás de la Victoria de Samotracia

Y he aquí lo que Nahnee dice
Oh estos franceses estos franceses estos franceses
Y he aquí lo que yo digo
Pas de quoi d'accord y córcholis

Al salir del Louvre
siempre pellizco al Apolo de Belvedere

Siempre voy descalza a St. Germain-des-Prés
a comer una ensalada niçoise

Koki nos sacó esta foto absolutamente
preciosísima

Los melones van muy bien para un baño de pies
y para protegerse de los rayos de sol
Fittipaldi besuqueó un poco a Esmirruchi

Monsieur Dior diseñó un vestido para mí
y es absolutamente chic
aunque yo lo hubiera preferido
con una borlita o dos
Pas de quoi

Mirad qué parezco
Estoy de lo más mona o sea singe

Un domingo que se dice dimanche

Koki vino con su pequeño petit Dauphine y dijo

Allo Chérie où?

que quiere decir adónde

y yo dije

Llévame a un palacio, Chéri Koki

Es mi mejor amigo de todo París

Todo lo que tenéis que saber de Versalles es que Luis **XIV**

era el padre de Luis **XV** y que Luis **XVI** vivió en el Louvre

O eso creo

Il y a beaucoup de adoquines en París

y nos están destrozando

algunos dedos de los pies

El Salón de los Espejos es increíble

No veía absolutamente nada salvo yo ELOISE

Fue très agréable

No hay absolutamente ni un rey en Francia

Koki tomó esta foto preciosísima de mí comiendo un gâteau
que quiere decir pastel

Nunca voy al Bois de Boulogne
sin mi suéter francés
por si vamos a un pícnic

Hay un laguito
que se dice lac
y me encontré con un pato francés
Fue très agréable

Jugamos al escondite
y contamos tréboles

Los bocadillos franceses son enormísimos
Y tuvimos que ponerles etiquetas
para saber cuál era de anchoas
y cuál era de concombres
que quiere decir pepino
y cuál de hierba

Había bastante gente pero no se hacían ningún caso unos a otros

Koki tocó la guitarra y yo bailé a lo árabe
mientras él cantaba en francés **Les Passions des Etoiles**
que trata de esa niña que perdió el zapato en este bosque

Hay muy pocos sitios donde no puedas llevar un chien

El sol de París te quemará si vas a pescar con sol
y tendrán que ponerte capas de una loción que pica
Por eso es mejor ir a pescar al atardecer
o sea le soir
O si quieres puedes ir bajo la lluvia
o sea la pluie

En Francia hay que conformarse con lo que sea
Por ejemplo si quieres un caramelo de jalea
te pueden dar un duro pastel de mazapán
O si quieres sol puedes tener lluvia

Oh añoro absolutamente el Plaza
y por supuesto el Servicio de Habitaciones
y por supuesto el jefe de los botones
Oh caramba c'est difficile ser niño
que quiere decir que es difícil

La Froid está a la derecha
La Chaud está a la izquierda
Puedes contar con ello
casi siempre
pero no siempre del todo

He aquí lo que tienes que evitar en París
abrasarte el estómago

Nos solemos vestir para la cena

Mi última noche en París
me pongo siempre mis pantoufles rosas
para ir al Restaurante Maxim's
Y le digo bon soir Albert
porque Albert es francés

Le gustó mucho mi collar
de tapones de champán

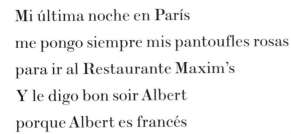

Hay esta musique o sea música
que suena sin parar
Es bastante alegre

Tienes que regardez el menu un ratito
porque es un pelín complicado

La señora Fifield tomó soufflé
Nosotras tomamos esas deliciosas fresitas
que son de lo más silvestres

He aquí lo que puedes hacer mientras esperas
mirar mucho a tu alrededor
o hacer unas cuantas muecas

Cuando te traen l'addition o sea la cuenta
la regardez por un pequeño petit y simplemente decir
La chargez s'il vous plaît Albert y merci
Mi madre conoce Maxim's

Yo no quería absolutamente marcharme porque
j'aime beaucoup París

Hice bajar el equipaje muy pronto

La señora Fifield llamó para preguntar en qué
avión viajábamos
Ella tenía la butaca 6

Le di a Koki todas las fotos
para que no olvide nunca
nuestro viaje a París
Él me dio
este tapón de champán
del sur de Francia
y yo dije
Oooooooooh jo vous aime beaucoup
que quiere decir
Yo te quiero absolutamente Koki

He aquí cuántas postales he enviado
67 por avión
o sea par avion

Hemos engordado un poquito
Sobre todo Esmirruchi

Nahnee dijo à bientôt Koki
y merci merci merci
Koki dijo
au revoir Chérie
y yo dije
au revoir Chérie
Y fue un pelín triste
triste triste

Cuando llegamos a Nueva York

ah caramba

teníamos 114 piezas de equipaje

pero no pudimos encontrar el maletín

Se había perdu o sea perdido

No teníamos absolutamente nada que declarar

Puedes esconder los tapones de botella

detrás de las rodillas

Nadie mira allí a las niñas

No habían hecho absolutamente nada mientras yo estuve fuer

El señor Voit es medio francés

Directísimo al último piso por favor

Plis plas cogí el teléfono y llamé al Servicio de Habitaciones

Estuvieron encantadísimos de oír mi voz

y dijeron Sí Eloise

y yo dije

Allo Servicio de Habitaciones

C'est moi ELOISE

Tengan la amabilidad de subir cuatro sandías al hielo

y por supuesto 4 champans

y por supuesto 1 agua mineral por favor

al último piso s'il vous plaît

y le chargez merci beaucoup

Oooooooooh adoro absolutamente el Plaza

Plis plas cuelgo el teléfono y je me repose

Entonces Nanny dijo

Eloise me pregunto si podrías decirme

quíen dejó abierta la ventana del baño

mientras estuvimos fuera

¿tienes idea de quién pudo ser?

Y yo dije

Bueno en realidad querida Nahnee je ne sais pas

Y entonces Nanny dijo

¿Te parece posible que hayas sido tú, Chérie?

Y yo dije

Oh caramba querida Nahnee

c'est difficile de decir

Mais porquoi me lo preguntas

Querida Nahnee s'il vous plaît?

Entonces Nanny se precipitó

a la puerta del cuarto de baño

y la abrió plis plas

y dijo regardez

regardez   regardez

Oh caramba caramba caramba

Il y a beaucoup de pigeons en nuestro cuarto de baño

Emily y sus amigas se alegraron mucho de vernos

J'aime beaucoup le Plaza

que quiere decir

Oooooooooh yo adoro absolutamente el Plaza

Y ahora un chorrito de champán al buzón del correo

PLAN DE PARIS A VOL D'OISEAU